59372083182215 TRAN

WITHDRAWN

WORN, SOILED, OBSOLETE

Rolando Tamayo

Karaköes®

Yaxché, la ceiba sabia

Ecolecciones de la vida

SELECTOR®
actualidad editorial

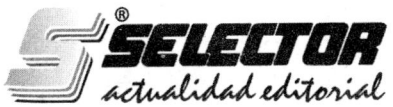

SELECTOR
actualidad editorial
**Doctor Erazo 120 Colonia Doctores México 06720, D.F.
Tel. (52 55) 51 34 05 70 Fax. (52 55) 57 61 57 16**

YAXCHÉ, LA CEIBA SABIA -ECOLECCIONES DE LA VIDA-
Autor: Rolando Tamayo Rodríguez
Colección: Karakoes

Diseño de portada: Rolando Tamayo Rodríguez
Ilustración de interiores: Rolando Tamayo Rodríguez

D.R. © Selector, S.A. de C.V., 2007
      Doctor Erazo, 120, Col. Doctores
      C.P. 06720, México, D.F.

ISBN 10: 970-643-952-8
ISBN 13: 978-970-643-952-9

Primera edición: abril 2007

	Sistema de clasificación Melvil Dewey
868 M T11 2007	Tamayo Rodríguez, Rolando. *Yaxché, la ceiba sabia -ecolecciones de la vida-* / Rolando Tamayo Rodríguez.-- Cd. de México, México: Selector, 2007. 64 p. ISBN 10: 970-643-952-8 ISBN 13: 978-970-643-952-9 1. Ecología. 2. Literatura infantil.

**Características tipográficas aseguradas conforme a la ley.
Prohibida la reproducción parcial o total de la obra
sin autorización de los editores.
Impreso y encuadernado en México.**
Printed and bound in México

Índice

Tu ruta de viaje

Introducción 7

¿Qué es la vida? 15

¿Dónde está la vida? 20

¿De dónde viene la vida? 27

¿Para qué nos sirve la vida? 34

¿Cómo es la vida de las ciudades? 41

¿Por qué se contamina la vida? 47

¿Cómo cuidar la vida? 55

Glosario 61

Referencias 63

*Para Ricardo Uriel, Gerardo Andrés,
Rolando y Aracely, mi familia.
Para todos los que sueñan con vivir
en un mundo mejor.*

Agradecimientos
A Jorge Miguel Cocom Pech, poeta y narrador en lengua maya,
por su valiosa guía en la selección y uso correcto de vocablos mayas.
A Ricardo Uriel Tamayo Tapia, mi hijo, José Luis Tamayo Barbosa, mi
padre, y Román Varela Vázquez por su asistencia en la elaboración
de ilustraciones de este volumen.
A Rolando Tamayo Ledesma, mi hijo, por representar
al niño de este cuento.
A Guillermo Bernal Romero, Maestro en Estudios Mesoamericanos,
por asesorarme para configurar el glifo maya del tema de este libro.
A María del Carmen Leal Hermida, Martha Elia Baranda Torres y
demás personal de la editorial, quienes aportan su esfuerzo y talento
para lograr los objetivos de esta publicación.

Introducción

Bienvenido al mundo karakoe

Debido al ritmo de vida actual, los niños están expuestos a recibir gran parte de su formación a través de los medios de comunicación masiva.

La violencia y la falta de información real y de valores que los niños perciben en la mayoría de las caricaturas infantiles generan desinterés y falta de conciencia hacia el ambiente y los recursos naturales, lo cual ha propiciado graves problemas en nuestra sociedad y en nuestro entorno.

Por eso hemos creado a **karakoes**, un concepto que promueve la conservación de nuestro patrimonio natural y cultural. De esta manera pretendemos generar conciencia social en las nuevas generaciones, para que recuperen la capacidad de valorar la Naturaleza y el deseo de construir un mundo mejor.

Karakoes tiene como filosofía la **R**evaloración del **I**ndividuo y su **E**ntorno (**RIE**); es decir, lograr que a través de mensajes con contenido sencillo y divertido, pero sustancial, el lector adopte un nuevo estilo de pensar y empiece a ser parte activa del cambio. Los *karakoes* son los personajes que acompañarán al lector a través de diversas problemáticas actuales y le mostrarán cómo solucionarlas.

La **ecología** es el tema central de las ***Ecolecciones Karakoes***. Sus objetivos son:
- Motivar el aprendizaje mediante la diversión y el cuestionamiento constante.
- Ser un medio de consulta y apoyo para padres y maestros.
- Rescatar y fortalecer nuestra identidad.

Karakoes es un grupo de trece geniecillos (número sagrado para los mayas) que surgen de las pirámides de la selva maya para enseñarnos a respetar, preservar y disfrutar el medio ambiente. Su nombre proviene del maya chortí: *karar*, verde; *kohkon*, esperanza; *ehtz'*, estudio; que se convierte en *karakoes*.

A continuación, te presentamos a los *karakoes*:

Ain
(del maya peninsular *ain*, cocodrilo) es una linda cocodrila que siempre se alimenta sanamente y hace ejercicio. Es guardiana de la salud y nos recuerda que el bienestar de nuestro planeta es lo más importante.

Balam
(del maya peninsular *balam*, jaguar; guardián, protector) es un jaguar valiente, fuerte y veloz. Es guardián de la fauna y protege a todos los animales, especialmente a los que están en peligro de extinción.

Iboy
(del maya quiché *iboy*, armadillo) es un armadillo distraído y olvidadizo. Es guardián de las tradiciones y tiene que apuntar en su caparazón las fechas y costumbres importantes, para recordarlas y fortalecer nuestra identidad.

Kan

(del maya peninsular *kan*, serpiente; conversación) es una víbora de cascabel simpática, alegre y muy platicadora. Es el guardián de los suelos y nos invita a mantenerlos libres de basura, ¡para poder bailar a gusto!

Kin

(del maya peninsular *k'in*, sol; fiesta; reinar) es un águila arpía *cool*, galán y optimista, a quien le fascina el *rock* y disfruta la vida al máximo. Es guardián del ecoturismo y promueve la conservación de las bellezas naturales.

Kokay

(del maya peninsular *kokay*, luciérnaga) es una luciérnaga muy brillante e inteligente, amante del estudio y del aprendizaje. Es guardiana de la energía, como la electricidad, y nos enseña la importancia de su ahorro debido a lo costoso de su producción.

Koy

(del maya quiché *coy*, mico) es un mono araña juguetón, tímido e inquieto, a quien le fascina construir cosas. Es guardián de los sitios arqueológicos y le da mantenimiento a las pirámides para permitirnos conocer y valorar nuestro pasado.

Nikté

(del maya peninsular *nikte'*, flor de mayo; flor pequeña) es una orquídea sofisticada y coqueta a quien le gusta estar siempre a la moda. Como guardiana de la flora, cuida las plantas porque son fuente de oxígeno y para que luzcan bonitas.

Pek

(del maya peninsular *pek'*, perro en general) es un mastín español aventurero, curioso y muy amigable. Llegó desde el otro lado del océano y pronto se convirtió en un *karakoe*. Es guardián de la paz y nos invita a hacer amigos y a respetar a los demás.

T'ot
(del maya peninsular *t'ot'*, caracol) es un caracol muy creativo que siempre está inventando cosas ingeniosas. Es el guardián del reciclaje y le encanta transformar materiales usados, como vidrio y plástico.

Yax
(del maya peninsular *ya'x*, verde, azul turquesa. Se pronuncia Yash) es una rana serena, paciente y muy sabia. Como guardián del agua, conoce su importancia para la vida en nuestro planeta y nos enseña cómo cuidar el vital líquido.

Zotz
(del maya peninsular *sots'*, murciélago) es un murciélago zapotero, bohemio y coquetón, al que le fascina crear obras de arte. Es guardián del aire y nos enseña a mantenerlo limpio y libre de contaminantes, ¡para que su inspiración no tenga límites!

Notarás que sólo has conocido a doce *karakoes*...
Querido lector: ¡tú eres el *karakoe* número trece!

Pega tu fotografía y anota tu nombre y un aspecto relacionado con el medio ambiente que te interese cuidar.

Espacio para tu foto	Nombre: _____
	Guardián de: _____

Al practicar las *Ecolecciones Karakoes* tomarás conciencia de la importancia de conservar sano nuestro ambiente y podrás recordárselo, cuando sea necesario, a tus familiares, amigos y autoridades.

Recibe un afectuoso *eco-saludo*.

Tu amigo,
Rolando Tamayo Rodríguez

Glifo maya que representa
a *Kuxtal*, la vida

¿Qué es la vida?

Un sueño

Déjame contarte un sueño que tuve cuando tenía la misma edad que tú. Soñé que era un niño al que le gustaba atrapar insectos y corretear a los pájaros. En el sueño vi una lagartijita y le aventé tantas piedras que la pobre subió muy asustada a un árbol que había por ahí. También me subí al árbol para perseguirla y la lagartija se refugió en una pequeña grieta del tronco.

—Ya no podrás escapar —le dije a la lagartija, y cuando estaba a punto de apresarla, oí una voz que me decía:

—¿Te gustaría que te hicieran lo mismo?

¡Era la ceiba, el árbol donde estaba trepado, la que me hablaba!, ¿sabes?

Entonces le contesté:

—Pero si es sólo un animal…

—Los animales también sienten porque, al igual que tú, en su cuerpo tienen a *Kuxtal* (se pronuncia Kushtal), **la vida** —dijo la ceiba.

—¿Y qué es la vida? —le pregunté.

—*Kuxtal*, la vida (del latín *vita*), es la capacidad de sentir. Por ejemplo, cuando sientes, puedes ver el Sol, oír el canto de las aves o percibir el perfume de las flores y así tener conciencia de lo que hay a tu alrededor —contestó la ceiba, que por cierto se llama Yaxché (se pronuncia Yashché).

—Todo en el Universo está compuesto de materia, que puede ser orgánica e inorgánica. La **materia orgánica** es aquella que forma a los seres vivos u organismos, que se llaman así porque tienen órganos, y está compuesta principalmente por carbono (C), hidrógeno (H), oxígeno (O) y nitrógeno (N).[1]

"En cambio, la **materia inorgánica** es aquella que no tiene órganos y, por tanto, no tiene vida, como el aire, el agua y el suelo, pero es esencial para la vida porque en ella se desarrollan los seres vivos".

—¿Y cómo puedo identificarlos? —volví a preguntar. Yaxché, la ceiba, me respondió:

—Todos los seres vivos presentan las siguientes características:

- **Tienen células.** La célula es la unidad básica que forma a todo ser vivo. Hay

organismos unicelulares (de una sola célula) y multicelulares (de muchas células). En estos últimos, las células se agrupan y forman órganos, que son partes del cuerpo que realizan una función determinada, como el estómago, que sirve para digerir los alimentos, o los pulmones, que sirven para respirar.

- **Metabolizan.** Realizan procesos químicos para producir energía y eliminar desechos. Del medio ambiente toman la energía que necesitan para crecer y desarrollarse; la parte que no necesitan es eliminada en forma de desechos. Por ejemplo, tú eres un ser vivo y necesitas energía para pensar, correr o dibujar. Esta energía la tomas de los alimentos y el aire que inhalas; lo que no necesitas es eliminado cuando exhalas, sudas, orinas o defecas.
- **Responden a estímulos.** Son sensibles y reaccionan ante los cambios que ocurren en su medio ambiente, como la luz, el frío o el calor.
- **Se reproducen.** Tienen material genético que les permite procrear descendientes con sus mismas características. Por ejemplo,

cuando un árbol deja caer una semillita en la tierra, nacerá una planta de su mismo tipo. Así, esta especie de árbol continuará viva, a pesar de que la planta madre haya muerto.
- **Evolucionan.** A través del tiempo se adaptan a las condiciones del medio donde viven. Por ejemplo, a diferencia de otros osos, el pelaje del oso polar es blanco para confundirse con la nieve y poder capturar a los animales con que se alimenta; y sus orejas son más chiquitas, para estar cerca del cuerpo y no perder calor.

—Qué interesante, pero ¿dónde habitan los seres vivos? —pregunté.

¿Dónde está la vida?

En todas partes

Yaxché me dijo que hay vida en cualquier lugar de la superficie de la Tierra; que existen organismos que pueden vivir a 114º C de temperatura, ¡más caliente que el agua hirviendo!, y otros que viven en ambientes de -18º C, ¡tan fríos como el congelador de tu refrigerador!

Después, Yaxché me pidió que pusiera mucha atención a lo siguiente:

—Al grupo de plantas o animales de la misma especie que vive en una misma región se le llama **población**: una manada de leones es una población de la sabana.

"El conjunto de poblaciones que interactúan entre sí en una misma región se llama **comunidad**: en una comunidad de la sabana coexisten leones, hienas, cebras y buitres.

"A la suma de relaciones que hay entre las comunidades de una misma región y el medio donde viven se le llama **ecosistema** (abreviatura de sistema ecológico): en el ecosistema de la sabana africana se interrelacionan todos los seres vivos que habitan ahí (insectos, aves, leones, elefantes, plantas, pastos) con los factores ambientales característicos de esa región (lluvia, calor, tierra, aire y demás).[2]

"Al agrupamiento de ecosistemas de una misma clase se le llama **bioma**. Los biomas son grandes áreas de nuestro planeta que se distinguen de las demás porque tienen tipos específicos de plantas y animales, además de un clima determinado".

—¡Me gustaría conocer los biomas! —dije.

Entonces, Yaxché llamó a los *karakoes*, los guardianes del ambiente que nos enseñan *ecolecciones* para cuidar la Naturaleza y los seres vivos. Después llegaron Ain, la cocodrila, Nikté, la orquídea, y Balam, el jaguar, quienes me llevaron por todo el mundo para conocer los biomas terrestres y acuáticos. Éstos son los que recuerdo mejor:

BIOMAS TERRESTRES

Tundra. Es un bioma muy frío, cuyo suelo (*permafrost*) está cubierto de hielo casi todo el año. La tundra tiene poca vegetación, como líquenes, musgos, hierbas y flores silvestres. Ahí viven el reno, la foca, el oso polar, la liebre ártica, el lobo gris y el pingüino.

Taiga. Se le conoce también como bosque de coníferas o bosque boreal. Tiene inviernos largos y fríos, veranos cortos y cálidos, y lluvias casi todo el año. Los árboles de estos bosques, como pinos, cipreses, abetos y cedros, conservan sus hojas todo el año. Aquí vive la ardilla, el venado, el jabalí y el zorro plateado.

Bosque templado. También llamado bosque mixto o bosque caducifolio, tiene clima templado y lluvias todo el año. Tiene árboles de hojas anchas que caen en otoño, como encino, roble, nogal y fresno; y árboles de hojas perennes como las coníferas. Aquí vive el castor, el lobo, el alce, el lince, el mapache, el halcón y el cardenal.

Selva tropical. También llamada jungla o bosque tropical, tiene un clima cálido, húmedo y muy lluvioso. Es el bioma con mayor **biodiversidad** (distintas formas de vida) ya que

Biomas terrestres

 posee plantas como árbol del hule, caoba, ficus, ébano, ceiba y orquídea; y árboles frutales como papayo, guayabo, cacao y chicozapote, de donde se extrae el chicle; animales como guacamaya, tucán, rana, anaconda, cocodrilo, jaguar, saraguato y tapir.

Pastizal. Tiene clima semidesértico, pocas lluvias y su vegetación predominante son los pastos, matorrales y plantas herbáceas, que son pequeñas y con tallos tiernos.

A los pastizales con clima cálido todo el año se les conoce como **sabanas**. La sabana africana tiene la mayor concentración de grandes mamíferos del mundo, como el elefante, la jirafa, la cebra, el león y el rinoceronte.

A los pastizales que tienen inviernos fríos y veranos calientes, se les conoce como **estepa**, **pampa**, *grassland* o **pradera**. Aquí viven el lobo, el puma, el bisonte y el conejo.

Desierto. Es un bioma arenoso o rocoso, muy seco porque casi no llueve. Su clima es extremoso, es decir, o muy caliente o muy frío. Puede tener algunos matorrales, biznagas, cactus y nopales; y animales como el coyote, la víbora de cascabel, el halcón y la lagartija.

BIOMAS ACUÁTICOS

Dulceacuícola. Hay dos tipos de biomas de agua dulce: los lóticos y los lénticos.

Lóticos. Son aguas que corren en una misma dirección, como los ríos y arroyos. Ahí habitan peces como la trucha, la lobina y el salmón.

Lénticos. Son aguas quietas o estancadas, como charcas, lagos y pantanos. Aquí viven algas, lirios acuáticos, langostinos, charales y bagres.

Marino. Es el bioma más grande de todos, pues ocupa 71% de la superficie de la Tierra. Los biomas marinos, como los mares y océanos, tienen agua salada y se dividen en dos grandes zonas: la nerítica y la pelágica.

Zona nerítica: Se encuentra desde la orilla del mar hasta una profundidad de 200 metros. Se caracteriza por el continuo movimiento de las aguas debido al oleaje y a las mareas. Ahí viven algas, pastos marinos, plancton (seres microscópicos que viven en la superficie del agua), esponjas, erizos, pulpos y rayas.

Zona pelágica u oceánica. Ésta es la zona que se considera como mar abierto, que está más allá de la zona nerítica. Ahí viven calamares, sardinas, atunes, tiburones, ballenas, cachalotes y delfines.[3]

Al regresar de aquel viaje fantástico, Yaxché me dijo:

—El conjunto de todos los biomas que acabas de conocer forma la **biosfera** (del griego *bios*, vida, y *sphaira*, esfera), que es el espacio de aire, agua y tierra donde está *Kuxtal*, la vida que existe en nuestro planeta.

—¡Órale! —exclamé—, ¿y cómo empezó todo?

¿De dónde viene la vida?
La creación

La **biología** (del griego *bios*, vida, y *logos*, estudio) es la ciencia que estudia a los seres vivos, y por supuesto, ¡le interesa investigar cómo surgió la vida! —explicó Yaxché—. La biología nos dice que, hace millones de años, la Tierra era una masa de lava ardiente que, al enfriarse, expulsó gases y vapor de agua que formaron una atmósfera primitiva. Al condensarse, el vapor de agua formó las nubes que produjeron las primeras lluvias y crearon los lagos, ríos y océanos. La presencia de aire y agua permitió surgir a las primeras formas de vida, que eran organismos unicelulares como las cianobacterias (algas verdeazuladas). Posteriormente, muchos de estos organismos se transformaron en multicelulares. Conforme pasaba el tiempo, estos seres se fueron adaptando a las condiciones del medio donde vivían y evolucionaron en muchos tipos, por ejemplo:

dinosaurios, plantas, mamíferos y todas las demás especies que conoces.

—¿Cómo sobrevivieron hasta ahora? —pregunté.

—Fue gracias a la **reproducción**, que es el proceso mediante el cual se generan nuevos seres vivos a partir de los ya existentes —comentó Nikté, la orquídea—. Hay dos tipos de reproducción: asexual y sexual. En la reproducción **asexual** sólo interviene un individuo, que se subdivide y produce descendientes idénticos al progenitor. En la reproducción **sexual** existen individuos de diferente sexo: **hembras** y **machos**, que producen **gametos** (células especializadas para la reproducción) **femeninos** y **masculinos** respectivamente; aunque también hay organismos que producen los dos tipos de gametos y se les llama **hermafroditas**. Al juntarse dos células de distinto sexo, mediante la **fecundación**, se origina un nuevo ser. Estos seres sustituyen a los que mueren y aseguran la supervivencia de su especie.

—¿Cuántas especies hay en la Tierra? —interrogué.

—Actualmente se han registrado poco más de 1.7 millones de especies diferentes, aunque cada año se descubren más —contestó Ain, la cocodrila—. Los investigadores estiman la **biodiversidad** actual de nuestro planeta en alrededor de 10 millones de especies.[4]

—¡Uy, son un montón! —dije asombrado—. ¿Y cómo las podemos diferenciar?

Entonces, Yaxché intervino:

—De acuerdo con la **taxonomía** podemos clasificar a los seres vivos, según sus características principales, en cinco reinos:

REINO MONERA. Son los seres más antiguos, como las bacterias. Son los únicos que están constituidos por una sola célula sin núcleo, llamada **procariota**. Todos los demás seres vivos tienen células con núcleo, llamadas **eucariotas**.

REINO PROTISTA. Son seres unicelulares en su mayoría, como la amiba y los flagelados, pero también hay algas de gran tamaño.

REINO FUNGI. Son los hongos, los cuales absorben su alimento de otros seres vivos o de materia podrida. Algunos son venenosos y otros comestibles, como el huitlacoche y los champiñones.

REINO VEGETAL. Son especies que no pueden moverse del lugar donde están enraizadas; producen su alimento a partir del aire, la luz solar y el agua mediante un proceso llamado **fotosíntesis**. Para capturar la energía luminosa usan una sustancia llamada **clorofila**, la cual les da su color verde. Por ejemplo: musgos, helechos, pinos y plantas con flores, como las palmeras y árboles frutales.

REINO ANIMAL. Son criaturas que no pueden fabricar su propio alimento, sino que deben tomarlo de otros seres vivos. Éstos son algunos tipos de animales:

- **Moluscos:** invertebrados (sin columna vertebral) con cuerpo blando, desnudo o protegido por una concha, como el caracol, la almeja y el pulpo.
- **Equinodermos:** invertebrados que tienen piel espinosa y no se distingue bien el frente de la espalda, como los erizos marinos y las estrellas de mar.
- **Artrópodos:** invertebrados que poseen un exoesqueleto (esqueleto externo), cuerpos y patas articuladas. Este grupo incluye a los **insectos**, que tienen tres pares de patas y muchos poseen alas, como la hormiga, el

escarabajo y la mariposa; los **arácnidos**, que tienen cuatro pares de patas, como la araña, el escorpión y la garrapata; los **miriápodos**, que tienen muchos pares de patas, como la tijerilla, el ciempiés y el milpiés; y los **crustáceos**, que tienen caparazón y dos pares de antenas, como el cangrejo, el camarón y la cochinilla.

- **Cordados:** son los únicos animales vertebrados (con columna vertebral). En este grupo están los **peces**, cuyo cuerpo es liso o cubierto de escamas, y tienen aletas porque viven en el agua, como el tiburón, la sardina y la carpa; los **anfibios**, que al nacer respiran bajo el agua y de adultos respiran en el aire, como la rana, la salamandra y el ajolote; los **reptiles**, que tienen la piel dura y cubierta de escamas, como la serpiente, la tortuga y el cocodrilo; las **aves**, que tienen pico, alas y plumas, como el avestruz, el pato y el águila; y los **mamíferos**, que en su mayoría tienen pelo, y sus hembras amamantan (dan leche) a sus crías, como el caballo, la ballena y el ser humano.

—¿A poco el ser humano es animal? —cuestioné.

—Así es —aclaró Balam, el jaguar—. ¡Además tiene un gran parentesco con los simios! Tanto el hombre como los simios tienen poco pelo en la cara; manos y pies con cinco dedos y uñas planas, en vez de garras; dedos pulgares que les permiten agarrar las cosas; y dos glándulas mamarias en el pecho. Aproximadamente 98.7% de tus **genes** (partículas que condicionan los caracteres hereditarios) es igual al de los chimpancés; 97.7% al de los gorilas y 96.4% al de los orangutanes. Incluso, ¡puedes recibir una transfusión sanguínea de un chimpancé que tenga tu mismo tipo de sangre![5]

—¡Increíble! —exclamé—. Pero, ¿para qué tenemos a *Kuxtal*, la vida?

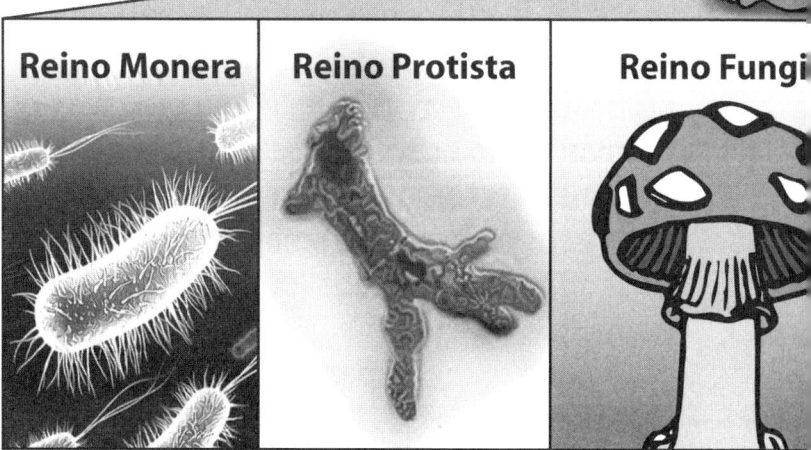

¿Para qué nos sirve la vida?

El objetivo de Kuxtal

La vida es el espacio de tiempo que te da la Naturaleza para cumplir tus **objetivos** —dijo Yaxché—. Por ejemplo, el objetivo de las mariposas es volar hacia las flores y depositar el polen que han recogido de otras flores para que puedan dar frutos. Como premio a su trabajo, las flores ofrecen néctar a la mariposa para que se alimente.

—Las plantas reciben muchos nutrientes de la tierra y a cambio nos dan a los animales el oxígeno que necesitamos para respirar —comentó Balam.

—Los animales toman su alimento de las plantas y abonan el suelo con sus excrementos que, a su vez, proporcionan nutrientes a las plantas —mencionó Nikté.

—Algunos animales se convierten en alimento de otros animales, para que no haya demasiados y se altere el equilibrio natural —explicó Ain—. Al morir, las plantas y los animales son transformados por los microorganismos en humus, que es la forma en que regresan lo que les ha prestado la Naturaleza.

—¿Por qué son tan distintos los seres vivos? —pregunté.

—Porque necesitan tener diferentes formas, tamaños y tiempos de vida para poder cumplir su objetivo —aclaró Yaxché—. Fíjate que existen desde seres unicelulares, como las bacterias, hasta árboles gigantes, como las secoyas, que pueden medir más de 100 metros de alto o pesar 2 500 toneladas, ¡igual que 19 ballenas azules!

—¡También hay moscas que viven sólo un día, y pinos que tienen 4 600 años de vida! —agregó Ain.

—¿Y cuál es mi objetivo? —quise saber.

—¡Hacer tus sueños realidad! —afirmó Yaxché—. Conocerte muy bien a ti mismo para que sepas qué es lo que más te gusta y descubras tus dones, o sea, las cosas que puedes hacer mejor y con mayor facilidad. La Naturaleza proporciona dones a todos los seres vivos, que son las herramientas que te ayudarán a seguir el camino de tu vida.

—¿Cuál es el camino de la vida? —pregunté.

—Los seres vivos nacen, crecen, se reproducen y mueren —respondió Yaxché—. Desde que nace hasta que muere en su vejez (aunque no todos la alcanzan), el ser humano transita por las siguientes etapas:

- **Periodo prenatal**: comienza en el vientre materno, desde el momento de tu **concepción** (cuando el óvulo de tu mamá fue fecundado por el espermatozoide de tu papá) hasta tu nacimiento.
- **Primera infancia** (del nacimiento a los tres años): eras un bebé que dependía totalmente de sus padres y comenzaste a conocer el mundo que te rodea.
- **Segunda infancia** (de los 3 a los 7 años): deseabas ser el centro de atención, te interesabas por el juego y en conocer tu cuerpo. También empezaste a convivir con niños de tu misma edad.
- **Tercera infancia o niñez** (de los 7 a los 11 años): se incrementan las funciones mentales como la creatividad, el análisis y el razonamiento. También comienzas

a descubrir tus gustos y habilidades con juegos y en la escuela.
- **Adolescencia** (de los 12 a los 18 años): tendrás cambios externos en tu cuerpo debido a la secreción de hormonas sexuales (estrógenos en la mujer y testosterona en el hombre). A las mujeres les crecen los senos y se les ensanchan las caderas; a los hombres se les ensancha la espalda, les crece vello en el rostro y se les hace grave la voz.
- **Juventud** (de los 19 a los 35 años): te plantearás objetivos en la vida y te dedicarás a trabajar en la actividad o profesión que hayas escogido. Buscarás independizarte y conformar tu propia familia. Escogerás pareja y juntos decidirán si asumen la responsabilidad de ser padres.
- **Adultez** (de los 36 a los 60 años): en esta etapa lograrás la mayoría de tus metas, donde normalmente el trabajo y la familia son lo más importante.
- **Vejez o senectud** (de los 60 años hasta la muerte): es la etapa final de la vida, también conocida como tercera edad. Poco a poco disminuirán tus facultades físicas y, según hayas cuidado tu salud, conservarás tus

facultades intelectuales. Tu familia será el centro de tus satisfacciones y logros. Al cumplir tus objetivos, aunque hayas muerto, seguirás viviendo a través de tus obras, la sangre de tus descendientes o sus recuerdos.

Al escuchar esto, se unió al grupo Kin, el *karakoe* águila a quien le gusta mucho disfrutar la vida, y opinó:

—¡*Kuxtal*, la vida, es alegría! Por eso festejamos nuestro cumpleaños, para recordar el día en que nacimos. Siempre recordamos con alegría los días en que logramos algo importante para nosotros o para nuestro país.

—También decimos que una persona tiene "mucha vida" cuando siempre está alegre, sonriente y lleno de energía —dijo Nikté.

—¡A mí me da mucha alegría cuando mi mamá me prepara el postre que más me gusta; o cuando mi papá llega del trabajo y voy corriendo a abrazarlo! —dije.

—Para vivir más y mejor debes alimentarte sanamente y hacer ejercicio —aconsejó Ain.

—¡La vida es para disfrutarla! —exclamó Kin—. Pero siempre respetando a la Naturaleza y cualquier forma de vida.

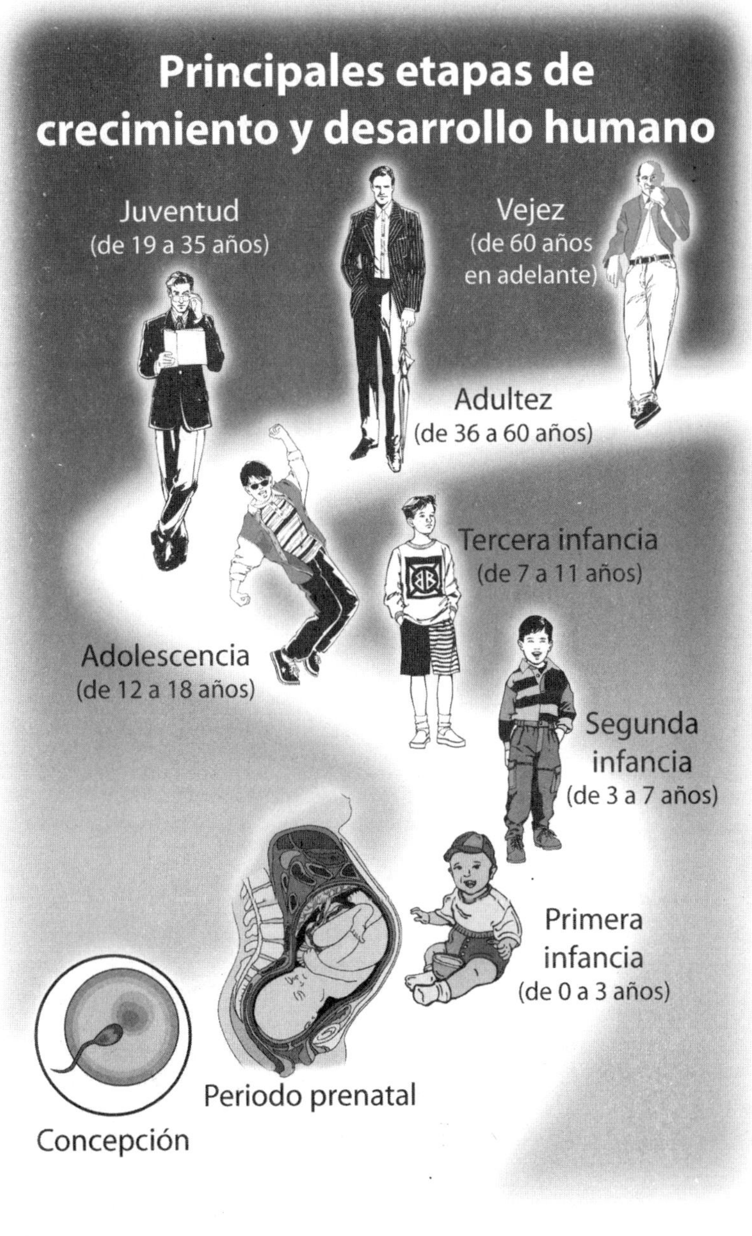
Principales etapas de crecimiento y desarrollo humano
Juventud
(de 19 a 35 años)
Vejez
(de 60 años en adelante)
Adultez
(de 36 a 60 años)
Tercera infancia
(de 7 a 11 años)
Adolescencia
(de 12 a 18 años)
Segunda infancia
(de 3 a 7 años)
Primera infancia
(de 0 a 3 años)
Periodo prenatal
Concepción

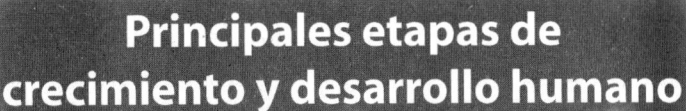

—En efecto, hay que saber vivir —comentó Yaxché—. Por eso debemos valorar a *Kuxtal*, la vida, en el pueblo o ciudad donde vivamos.

¿Cómo es la vida de las ciudades?

La ciudad nunca duerme

Las ciudades son un ecosistema humano que, debido al crecimiento de su población, han invadido otros sitios del planeta —dijo Ain—. Esto ha causado que la biodiversidad de los demás ecosistemas se pierda gradualmente.

—La sobrepoblación de las ciudades ha provocado que haya mucho tráfico y ruido, que sus habitantes vivan con mucha prisa y ansiedad en espacios cada vez más reducidos y tengan una mala **calidad de vida** —comentó Kin.

—¿Qué es calidad de vida? —pregunté.

—Es el grado de satisfacción de las necesidades de las personas —explicó Yaxché—. Entre más necesidades tengas satisfechas, tendrás más bienestar y tu calidad de vida será mejor. Por ejemplo, para satisfacer tus necesidades, debes tener una buena alimentación, educación adecuada, servicios eficientes de salud, hogar digno, familia integrada, lugares para jugar, seguridad en las calles y un medio ambiente sin **contaminación**.

—¿Qué es contaminación? —interrogué.

—Es todo aquello que altera la composición del medio ambiente y daña nuestra salud —contestó Yaxché—. Normalmente pensamos que la contaminación sólo es el deterioro que las actividades humanas han causado al aire, agua o suelo, pero en las ciudades también hay otros tipos.

—Un tipo es la **contaminación visual**, que tiene que ver con todo lo que nos parece desagradable a la vista y afecta nuestra calidad de vida —dijo Balam—. Por ejemplo, la gran cantidad de anuncios en las avenidas que las afean, nos provocan estrés y dolor de cabeza; pueden distraernos y causar accidentes, principalmente a los automovilistas.

—Otro, las pintas (*graffiti*) sobre las paredes y los horribles basureros dañan el amor que le tenemos a la ciudad donde vivimos —se quejó Nikté.

—Uno más, la gran cantidad de periódicos y revistas que muestran fotografías morbosas y titulares alarmistas para incrementar sus ventas, sin que les importe degradar el nivel cultural de la gente —dijo Kin.

—Además, muchos videojuegos y programas de televisión no tienen valores y están llenos de violencia, distorsionan la forma de pensar de niños y adultos y alteran su sana convivencia —lamentó Ain.

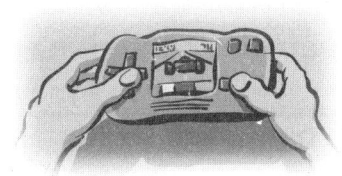

—En las campañas políticas, miles de mantas y carteles son colocados en puentes y postes sin considerar que tienen un alto costo y son pagados con los impuestos de los ciudadanos —refunfuñó Balam—. ¡Además, afean el ambiente y pronto se convierten en basura!

—Una ciudad con contaminación visual denota la falta de normas adecuadas para la conservación de los espacios públicos y privados —enfatizó Ain.

—¡Y hay autoridades que no se preocupan por el entorno y el tránsito sano por las calles! —concluyó Nikté.

Ya estaba anocheciendo y comenzamos a notar un resplandor en el cielo, por lo que pregunté:

—¿Qué es ese brillo que se ve a lo lejos?

—Es un halo luminoso (o *skyglow*) que rodea a las ciudades cuando es de noche y se produce cuando las luces de calles y edificios iluminan el cielo —dijo Yaxché—. A este desperdicio de luz que se da por alumbrar lugares innecesarios le llamamos **contaminación lumínica**.

—¿Qué pasa con este tipo de contaminación? —pregunté.

—No nos deja ver las estrellas y causa problemas a los observatorios astronómicos —afirmó Kin.

—Cuando vamos a dormir, la luz de la calle entra a nuestras casas y no podemos descansar bien —comentó Ain.

—Deslumbra a los animales nocturnos porque están acostumbrados a ver en la oscuridad, y altera sus estrategias de camuflaje y relaciones depredador-presa —dijo Balam.

—Y al producir este exceso de electricidad, ¡las plantas eléctricas y nucleares emiten más residuos contaminantes! —expresó Yaxché.

—¿Cómo podemos evitar este tipo de contaminación? —cuestioné.

De repente apareció volando una lucecita. Era Kokay, la *karakoe* luciérnaga y dijo:

—Para reducir la contaminación lumínica debemos hacer lo siguiente:
- Colocar focos únicamente en lugares donde se requieran.
- Prenderlos sólo cuando sea necesario, para no desperdiciar energía.
- Orientarlos hacia abajo y ponerles una pantalla, para que dirijan la luz al suelo y no al cielo.
- Utilizar focos ahorradores de energía, que no contengan mercurio ni otros metales pesados que contaminen el ambiente.
- Usar las potencias adecuadas para no deslumbrar, reducir costos de electricidad y disminuir la emisión de contaminantes generados por producir esta energía.

—Claro, evitar la contaminación lumínica no significa quedarnos sin luz, sino utilizarla adecuadamente —dijo Yaxché—. De esta manera ayudamos a que *Kuxtal*, la vida, no se siga contaminando.

¿Por qué se contamina la vida?

La pesadilla de Kuxtal

Todos hemos oído acerca de la contaminación ambiental en su aspecto físico, como la inversión térmica, el calentamiento global, las aguas negras y la deforestación (explicados en los otros libros de los *karakoes*), que cada día es mayor a pesar de los esfuerzos que se han hecho por detenerla. En este sueño aprendí que la única manera de disminuir la contaminación física del ambiente es actuar sobre su verdadera causa: la **contaminación mental**.

—Ésta se genera por ambición, indiferencia e inconsciencia —dijo Yaxché—. La **ambición** provoca que las personas nunca estén satisfechas; que hagan guerras, exploten irracionalmente los recursos naturales, sometan a los demás a realizar un trabajo denigrante y con poco salario, porque cada vez quieren tener más dinero. La **indiferencia** es la insensibilidad ante el daño provocado a los demás seres vivos y al ambiente, sin saber que tarde o temprano saldremos perjudicados porque en la Naturaleza todos dependemos de los demás. Por último, la **inconsciencia** puede hacer que dañemos a otros seres vivos sin darnos cuenta, porque aún no hemos aprendido que los animales y plantas también sienten.

—¿Cómo que las plantas sienten? —cuestioné.

—Así es, sentimos la luz y el calor del Sol para dirigir nuestras hojas o abrir nuestras flores —contestó Nikté—. Algunas plantas, llamadas **carnívoras**, atraen a los insectos con aromas que les gustan, y cuando los sienten encima, los atrapan para alimentarse de ellos. También hay ciertas plantas conocidas como **sensitivas**, que repliegan rápidamente sus hojas cuando sienten que las tocan.

"Las plantas de las casas crecemos más bonitas si sentimos el cariño y el cuidado de las personas. Y si sentimos que nos olvidan o no nos quieren, nos ponemos tristes y morimos".

—Una forma de contaminar a *Kuxtal*, la vida, son los **transgénicos** u **OMG** (Organismo

Modificado Genéticamente), porque implantan genes de un ser vivo en otro distinto, creando organismos que nunca habían existido en la Tierra —comentó Ain.

—¿Para qué hacen esto? —pregunté.

—Aparentemente, para que sean más resistentes a las enfermedades y a los herbicidas —explicó Ain—. Para crear los alimentos transgénicos, o "alimentos Frankenstein", insertan genes de espinacas en cerdos para reducir la grasa de su carne; genes de pez en jitomates para retardar su maduración; o genes de escorpión en maíz, para que desarrolle su propio insecticida.

—¿Y qué pasa si comemos alimentos transgénicos? —interrogué.

—Podrían sucedernos cosas inesperadas e irreversibles —respondió Ain—. Por ejemplo, a unas ratas alimentadas con ciertas papas transgénicas se les redujeron los tejidos cerebrales y se les dañaron varios órganos. También, muchos gusanos de mariposa monarca murieron después de comer hojas contaminadas con polen de maíz transgénico.[6]

—Todavía existen sociedades primitivas que cazan animales con gran respeto —dijo Yaxché—.

Hacen una oración para agradecer al espíritu del animal que dio su vida para que ellos puedan comer. En cambio, en nuestra sociedad moderna se ha perdido el respeto por *Kuxtal*, la vida.

—En la **caza** y **pesca**, mal llamadas **deportivas**, se matan a muchos animales sólo por "diversión"; y el tráfico de especies para las tiendas de **animales exóticos** (extraños o de partes lejanas) y **plantas de ornato** (adorno) han puesto a muchas especies en **peligro de extinción** (que desaparezcan para siempre), como el jaguar, el manatí, la vaquita marina y algunos cactus —dijo Balam, muy enojado.

—En las **granjas de cría intensiva** se producen animales para aprovechar su carne. A las vacas, ovejas, caballos y cerdos les dan hormonas para que engorden y crezcan lo más rápido posible; a los pollos les cortan parte del pico para que no se lastimen entre ellos, ya que viven amontonados en jaulas muy pequeñas —comentó Kin—. Además, para matarlos, los electrocutan, ahogan o destazan vivos.[7]

"Por esta razón es preferible comer **productos orgánicos**, que provienen de animales que han tenido una vida tranquila y de mayor libertad. Además, los huevos y la carne

de estos animales no está contaminada con antibióticos ni hormonas como los de las granjas de cría intensiva".

—Millones de animales son víctimas de la moda, pues los matan para hacer abrigos, gorros y estolas con su piel —dijo Ain—. Por ejemplo, para fabricar un abrigo, se requiere la piel de ocho focas bebé, 60 visones o 200 minks. Todos son golpeados cruelmente en la cabeza, estrangulados o despellejados vivos.[8]

—Hay muchas empresas que, "en nombre de la belleza", ciegan y envenenan animales para probar los ingredientes de sombras para los ojos, lápices labiales, champús y desodorantes —lamentó Nikté.[9]

—En los zoológicos, los animales pierden su libertad y privacidad; la mayoría tiene instalaciones inadecuadas y son sitios horribles para vivir —describió Balam—. Muchos animales son golpeados por sus entrenadores con barras de fierro para que obedezcan de inmediato en sus actuaciones para películas o en los circos.

Luego vino rodando una pelotita que se abrió al llegar a mis pies… Era Iboy, el *karakoe* armadillo, quien dijo:

—Todos los grupos humanos tienen **tradiciones** o **costumbres** que los distinguen y son parte de su cultura. Hay tradiciones que celebran la vida y son dignas de conservarse, como la **Navidad**, las **piñatas** o la **cena de Año Nuevo**. Pero hay otras tradiciones que no debemos mantener porque dañan la vida, como la **esclavitud** o el **machismo** (creencia de que el hombre es superior a la mujer).

"En pleno siglo XXI todavía hay tradiciones crueles como la **fiesta taurina**, donde el único valiente es el toro, porque se enfrenta solo contra una multitud que "disfruta" verlo morir. La tauromaquia no es un arte, porque no es un proceso creativo que enaltece la vida sino que la humilla; tampoco es un deporte, porque no es una competencia donde los rivales asisten voluntariamente y en igualdad de condiciones".

—Los niños que pertenecen a una familia que respeta a los animales, tienden a ser cariñosos con ellos cuando son adultos. Según investigaciones acerca de la infancia de asesinos o **psicópatas** (enfermos mentales), se han descubierto casos de extrema crueldad con los animales —argumentó Yaxché.[10]

—Muchos animales han salvado la vida de gente en situación de peligro. Prestan ayuda a personas ciegas o minusválidas —dijo Balam—. ¡A los perros y gatos les encanta jugar con los niños y también cuidarlos!

—Los animales necesitamos tu amor sincero, y eso significa libertad absoluta, sin jaulas, cadenas o maltratos que hagan triste nuestra vida —comentó Kin.

¡Por eso, los niños debemos aprender a amar la Naturaleza y respetar a todos los seres vivos!

¿Cómo cuidar la vida?
El despertar de conciencias

Al otro día, cuando desperté, recordaba muy bien las *ecolecciones* que Yaxché y los *karakoes* me enseñaron mediante este sueño. Aprendí que, en la Naturaleza, todos los seres vivos tenemos un objetivo que cumplir y todos dependemos de todos. ¡Por eso debemos cuidar y respetar todas las formas de vida!

Para lograrlo, les comparto trece maneras de proteger a *Kuxtal*, la vida:

1. Cuida las plantas. Evita pisarlas, cortarlas o destruirlas, porque, además de que nos brindan el oxígeno que necesitamos para vivir, ¡las plantas sienten!

2. Para evitar que nuestro planeta se siga deforestando, no compres artículos hechos con madera de árboles de bosques tropicales, ni pinos naturales para celebrar la Navidad.

3. Cuida a tu mascota, edúcala con amor, aliméntala adecuadamente, mantenla limpia y proporciónale un lugar digno para descansar. No la encadenes, la olvides, la maltrates y mucho menos la abandones.

4. Nunca tengas animales silvestres como mascota. Los monos, loros o tortugas sufren porque no están acostumbrados a vivir con el hombre como los perros y gatos.

5. No enjaules a ningún pájaro. Cuando quieras tener o escuchar pájaros, siembra árboles. También puedes colocar comederos y casitas para que puedas verlos desde tu ventana.

6. Rechaza las actividades donde se dañe a los animales por "diversión", como el toreo, peleas de gallos, caza o pesca "deportivas". Recuerda que el deporte fortalece la vida, no la destruye.

7. No compres alimentos u objetos que provengan de especies silvestres, protegidas o en peligro de extinción, como huevo de tortuga, prendas de piel de cocodrilo, animales disecados, medicamentos, abrigos de piel y demás.

8. Cuando vayas al campo, respeta a los animales que viven ahí; no los espantes o trates de atraparlos. Practica ecoturismo, que es una manera de conocer muchos lugares naturales sin alterar su flora y fauna.

9. Aliméntate sanamente y practica deporte. Recuerda que de esto depende tu crecimiento y la buena salud que tengas el resto de tu vida.

10. Evita tirar basura en las calles y rayar las fachadas de las casas, para que la ciudad donde vives sea más bonita.

11. Procura vivir en paz con todo el mundo. Respeta y ayuda a los demás, no importa si son de familia rica o pobre, de piel clara u oscura, si hablan otro idioma o tienen otra religión.

12. Para no desperdiciar electricidad, prende la televisión sólo cuando realmente quieras ver algún programa; asegúrate de que la puerta del refrigerador esté bien cerrada y apaga los focos que no estés utilizando.

13. Aprende a conocer tus gustos y habilidades para que puedas escoger la profesión que más te agrade. ¡Entre mejor te eduques, mejor sabrás vivir!

A todos los niños y niñas que sueñan con un mundo mejor para vivir, Yaxché y los *karakoes* me pidieron que les diera este mensaje:
"Recuerda, no sólo hay que soñar, ¡lucha porque tus sueños sean realidad!"

¡Nos vemos en la próxima *eco-aventura*!

Glosario

Para aprender más...

Biodiversidad: todas las formas de vida existentes; o también, la variedad de especies que hay en un ecosistema.
Ceiba: árbol de la selva americana, sagrado para los mayas, símbolo de vida, fertilidad y abundancia.
Célula: (del latín *cellula*, celdita o cuarto pequeño) unidad básica que forma a todos los seres vivos.
Depredador: animal que caza a otros animales para comer.
Ecolecciones: lecciones ecológicas coleccionables de los *karakoes*.
Ecología: (del griego *oikos*, casa, y *logos*, tratado o estudio) ciencia que estudia las interrelaciones de los seres vivos con el medio ambiente y promueve la conservación de la Naturaleza.
Espermatozoide: célula sexual masculina destinada a fecundar un óvulo.
Fauna: conjunto de especies animales que viven en un área determinada.

Fecundación: cuando se unen los elementos masculino y femenino para crear un nuevo ser.

Flora: conjunto de especies vegetales que crecen en una región específica.

Hormona: sustancia producida por el cuerpo para regular la actividad de otros órganos.

Humus: capa superficial del suelo formada por materia orgánica descompuesta.

Kuxtal: vida, en lengua maya peninsular. Se pronuncia Kushtal.

Muerte: cuando un organismo deja de tener vida por vejez, enfermedad, accidente o al sufrir la agresión de otro ser vivo.

Nacimiento: cuando un ser vivo surge del medio donde se creó y entra en contacto con el medio exterior, donde vivirá el resto de su vida.

Objetivo: meta, función, fin, tarea.

Óvulo: célula sexual femenina destinada a ser fecundada por un espermatozoide.

Presa: animal que es cazado por un depredador.

Taxonomía: (del griego *taxis*, orden, y *nomos*, ley) forma científica de clasificar a los seres vivos según su parentesco y similitud.

Yaxché: (del maya *ya'axche'*, ceiba. Se pronuncia Yashché) nombre de la ceiba sabia, el árbol de la vida.

Referencias

Más letra del mismo tema...

1 http://www.biotech.bioetica.org/clase1-2.htm
2 Morrison, Yvonne, *La naturaleza de la Naturaleza*, McGraw-Hill Interamericana, México, 2004, pp. 8 y 9.
3 http://www.correodelmaestro.com/anteriores/2003/septiembre/2anteaula.htm
4 http://es.wikipedia.org/wiki/Biodiversidad
5, 6, 7, 9 y **10** Goodall, Jane; Marc Bekoff, *Los diez mandamientos para compartir el planeta con los animales que amamos*, Paidós, España, 2003, p. 26, pp. 141-143, p. 55, p. 155 y p. 87.
8 http://es.geocities.com/linxpardinus/pieles.html

Yaxché, la ceiba sabia -ecolecciones de la vida-
Tipografía: *Rolando Tamayo*
Interiores: *Bond blanco de 75 g*
Portada: *Cartulina sulfatada de 12 pts.*
Encuadernación: *Rústica*
Tintas, barnices y pegamentos: *Liber Arts S.A. de C.V.*
Negativos de portada: *Promografic*
Negativos de interiores: *Daniel Bañuelos*
Impresión de portada: *Impreimagen*
Esta edición se imprimió en abril de 2007,
en *Acabados Editoriales Tauro, Margarita No. 84 México D.F.*